청어詩人選 412

직립을
갈망하며

月川 김순덕 제3시집

청어

직립을 갈망하며

김순덕 지음

발행처   도서출판 **청어**
발행인   이영철
영업   이동호
홍보   천성래
기획   남기환
편집   방세화
디자인   이수빈 | 김영은
제작이사 공병한
인쇄   두리터

등록   1999년 5월 3일
          (제321-3210000251001999000063호)

1판 1쇄 발행 2023년 10월 20일

주소   서울특별시 서초구 남부순환로 364길 8-15 동일빌딩 2층
대표전화 02-586-0477
팩시밀리 0303-0942-0478
홈페이지 www.chungeobook.com
E-mail   ppi20@hanmail.net

ISBN   979-11-6855-194-7 (03810)

충청북도   충북문화재단

이 책은 충청북도 충북문화재단의 후원으로
2023 예술창작활동 지원사업 공모전 선정으로 지원받아 발간되었음.

직립을 갈망하며

김순덕 시집

시인의 말

흔들린다
어느 곳에 서야 할지
어느 길로 가야 할지
어느 것이 참인지 거짓인지
분별하기 어렵다
어지럽다
이쪽저쪽 기웃대다가
비틀거리기 십상이다
허탄한데 뜻을 두지 않고
푯대를 향하여 사람이 바로 선다는 것이
얼마나 아름다우며 평안한 것인가 생각하며
세 번째 시집을 내어놓게 됨을
깊이 감사한다

2023년 늦가을
月川 김순덕

차례

제2나   그저 꽃이다

제3나 긴 날을 마주하면서

제4나   하얀빛을 추구하던 순간

제5나   쑥부쟁이꽃

목판 시비와 시

사랑스런 몸집으로

햇살 좋은 날
향기 나는 숲길을 거닐다가
하늘을 우러른다

피고 진다는 것에 대하여

필 때는
온 세상이 꽃으로 환하게
기쁨으로 가벼이
희망으로 가벼이
날개 단 듯 기운차게 솟구친다

질 때는
온 세상이 서릿바람에 시달리며
변색된 흔적을 어둠으로 밀어 넣고
저리다가 시리다가
무겁게 내려앉아 멈춘다

직립을 갈망하며

느닷없이 멈춰버린
고집스런 둥치
꼿꼿함을 망각해버린 듯

헝클어진 마디마다
겨우 매달린 잎새만 흔들거리고
무엇을 향한 버팀인지 끈질김인지
아주 철저하게 비워지고 있는데

엎치락뒤치락도 사치
남겨진 것은 허한 침묵뿐
어쩔 수 없이
가장 낮은 곳으로 여행하는
홀로 누운 등걸

무엇이 보이는지

햇살 좋은 날
향기 나는 숲길을 거닐다가
전망 좋은 쉼터에 잠시 머물러
하늘을 우러른다

살랑이는 잎새의 정겨움이 흐르고
시샘하지 않으며 소곤거린다

하늘 아래 다투지 않는 순응의 그림들
서로의 사랑스러운 몸짓으로
그저 바라만 볼 뿐
그저 미소만 지을 뿐
아우름뿐이다

민들레 다짐

돌 틈 사이
언제 자리 잡고 피었는지
거들떠보는 이 없어
설움 삼키더니
봄 햇살에 가슴 열고
매정한 세상에 용기 낸다

아무도 모르게
암술에 슬쩍 기대선 수술
끈질기게 살아남으려고
부풀 대로 부풀린 꿈
훨훨 날아 어디든 마음 두고
송이송이 온기로 웃음꽃 피우리

바다의 노래

그저 받아주다가 바다가 되었나
변치 않는 평온을 깔아놓으려 했는데
한숨이든
노래든
무엇이나 들썩이는 그대까지도
어서 오시게 반기다 보니
자꾸만 물결이 인다
내게 던졌던 수많은 시선
쏟아내는 가슴앓이 쓰다듬다가
어느새 검푸르게 변해버린걸
그래도 언제나 기다린다
발 벗은 이들의 구겨진 마음을

뿌리

몇 해 동안
잎은 나물로 열매는 약으로
풍성하게 선물하던 울안 뽕나무
지나치게 활개를 치기에
퍼지는 가지를 자르다가
아예 뽑아내려 흙을 퍼낸다

얼마를 씨름했던가
이리저리 단단히 뻗은 뿌리
공중에 치켜올린 가지들을
그토록 겸손히 붙잡고 있었다니
파내도 파내도 쉽게 드러내지 않고
생명 길을 찾는 핏줄

세파에도 흔들림 없이 지켜내신
아버지의 뚝심 같다

마른 땅

그대는
왜
항상
목이 타는가
그리 큰 물줄기가
그대의
곁으로
흐르고 있는데

순간 포착은 어려워

같은 그 길
같은 그 사람과 걷는다
비구름 잔뜩 내려앉은 오늘
햇살 따사롭던 어제와는
현기증이 날 정도로 다르다
마른 가지 끝에 걸려있던 움들은
분주하게 새 옷으로 치장하고
한층 진해져 가는 얼굴로
산을 덮고 계곡을 메운다
따라 그릴 수도 없을 정도로
무성하게 피어나는 잎새의 꿈은
잡아둘 수 있는 순간
잡았다 놓치고
담았다 지울 뿐

만발한 개나리

누구를 사랑하기에
밤새워
흐드러지도록 피워 올렸는지

누구를 그리워하기에
질린 얼굴로
헝클어진 팔로
허우적대며 찾아 헤매는지

누구를 못 잊기에
목 늘여 맺고 또 피우면서
담장 어깨너머로
몇 날 며칠을 기웃거리는지

비닐하우스

총총 떠 있는 새벽 별과 인사 나누며
빌려놓은 또 다른 집으로 들어서면
후끈 달아오른다는 말을 뛰어넘어
숨이 턱턱 막히는 열탕

서울 새댁의 뽀얀 얼굴이
뜨겁게 흐르는 땀에 익어
발갛게 부어오르고
겸연쩍게 바라보는 눈치쟁이 그이
이렁저렁 저울질하는데
정신없이 허덕여도 뼈마디만 휘어지고
언제 떵떵거리며 얼싸안아 보려나
그래도 온몸을 불사르는 것은
방그레 웃어줄 열매들이 있기 때문이지

강을 건너는 청둥오리

얼음장 녹아 차디찬 호수에는
물살 가르며 종종거리는 물새들
봄바람 상큼하게 불어오건만

먼 산 구슬픈 뻐꾹새 울음소리
이마를 짚고
턱을 고여 바라본다

빙긋이 웃으며 솟아오른 새순
눈빛 선하게 아롱거리고
귓전 울리는 옹알이 바람
걸리듯 스쳐 가는데
좀처럼 풀리지 않던 몸짓
애절함 털어내며 봄 마실 갈 때
먹먹한 하늘이 내려와
휘저은 잔물결 안아주고 있다

짧은 만남

어느 봄날 웃음 신고
사뿐사뿐 날아와서
벙긋거리는 꽃잎에 내려앉아
사랑의 눈짓으로
아픔의 몸짓으로
별나게 간질이더니

달콤한 꽃가루에 취해
영혼을 빼앗긴 듯
마냥 휘청거리더니

가벼운 날개 툭툭 털고
휭하니 날아가 버리는
천사 같은 하얀 나비야

안녕 히아신스야

야무지게 또아리 틀고 앉아
기다랗게 내민 푸른 잎새 틈으로
불쑥 솟아오른 대공 하나
다보록 피워낸 올망졸망 꽃송이

제 한 몸 누일 곳도 비좁아
겨우 견디며 자리 잡더니
제법 버틸 줄 아는 힘을 키웠나 보다
연약함에도 온 사랑을 쏟아내면서
일어서고 있는 너
핑크빛 고운 자태로 뿌리는
고운 향기 흐드러진다

연과 얼레 사이

하늘 위로 날아오르는 연줄을
힘껏 당긴다
여러 가닥 엮어져 서로 끌어안고
단단히 이어진 끈

줄 하나에 의지해
자유롭게 뒹구는 허공
갑자기 거센 바람에 퍼덕이다가
팽그르르 돌며 공중에서 까마득히 떠나간다

두 눈 껌벅이며 안타깝게 지켜본다
목을 늘이고 기다리다가
돌아올 생각 없이 끄나풀 놓으려는
철딱서니 애 연을 향해
눈 떼지 못하고 애간장 녹여 내리는
얼레가 앙상하다

집중력

딱 딱
따닥
소리 따라 멈춘 발걸음
딱따구리의
부산스런 움직임이 눈에 띈다

따닥 딱
뾰족한 부리가 빈 가지를 두드린다
산골짝으로 퍼져나가는 애절한 울림
먹잇감을 쪼기 위해 혼신의 힘을 쏟고 있는
머릿짓의 난타는 지칠 줄 모른다
얼마나 더 깊이 파고 들어가야
벌레 한 마리를 건져 올릴 수 있을까

침묵 사랑

툭툭
튀어나오는 말
여기저기에서 흐드러져
그르치고
망치고
통제하지 못한 입술로 인해
끊임없는 소란이다
싸움의 연속이다
주워 담지 못한 것들이
폭력으로 떠돌며 왕왕거리고
허물로 온통 생채기뿐
무엇에 지배당하려나
더 큰 혼란이 이르기 전
잠잠해 보면 어떠리

물봉선화

화려한 꽃이 모두 물러갈 때쯤
조용히 등장하는 너는
장마를 받아내고
태풍에도 그저 휘청일 뿐
여리디여린 팔 꺾이지 않고
가지 뻗어 잎을 틔운다
바라볼수록 은근한 미소를 품고
알알이 터뜨린 씨방을 고이 간직한 채
수수하고 고요한 본능으로
끝내 시들지 않을 푸르름으로

오래된 낙서장

거기 어딘가에
'10년 후'라고 적혀있던 흐린 글자
그해가 바로 올해다
꽤 먼 후일이라 여기며
한 걸음 두 걸음
걷다가
뛰다가
눈 몇 번 껌벅이고
고개 몇 번 끄덕였는데
미끄러지듯 이른 곳
여기
반겨볼 틈도 없이 그새
쫓기듯 돌아서 가려 한다
안간힘으로 붙잡아 보지만
달랑 남은 마지막 한 장이
아쉬운 제자리
새 달력에 내어주고 있다

그저 꽃이다

그의 속에 숨어있는 나
내 속에 감춰져 있는 그
피고 지고 피어나는 단단한 연줄의 꽃

숨바꼭질

주머니 속에 고이 넣어두었던
소중한 것이 간 곳 없어
혼비백산 찾는다
어드메서 잃었을까
지나온 길을 되짚어 보고
있을 만한데 뒤적여 보았지만
실망의 구렁텅이뿐
버들처럼 늘어진 어깨
구름 덮인 얼굴

더 필요한 이에게 갔으려니
마음의 쉼을 허락하는 찰나
뜻밖의 곳에서 영롱하게 빛나는

찾았다
순간의 환희
달아났던 웃음이 순간 돌아온다

살붙이

그저 꽃이다
조금 찌든 꽃잎도 그냥 보아줄 수 있고
다소 째진 꽃잎에도 참아 넘길 수 있는

낙화 모습 보이면
가슴이 저며오고
꽃핀 모습 보이면
금세 뻥 뚫어지는
진한 오감으로 열려있는 무엇

그의 속에 숨어있는 나
내 속에 감춰져 있는 그
하늘 아래 어느 곳에 있어도
피고 지고 피어나는 단단한 연줄의 꽃

탯줄

세상에 나온 순간
잘린 탯줄이
나이가 들수록
점점 더 끌어당긴다
언제나 그랬듯
보고 또 보아도
보고파 하는 사랑의 눈빛을 외면하고
'또 올게요' 손짓하는 자식
야윈 목덜미 길게 늘이고
보이지 않을 때까지 흔드는 가늘어진 손
엄마와 나 사이엔
보이는 탯줄 말고
보이지 않는 신비한 탯줄 하나
여전히 몸속에 존재하고 있다
어떤 것으로도 끊을 수 없는

고사목

허공 향해 날카로운 비명으로
삿대질하며 서 있는
아삭한 메마름
한치의 주저도 없이
뻣뻣이 치켜든 바람 안긴 자취
꺾이고 잘린
네가 어찌 부드러울 수 있으리
벼랑 끝
바위틈에서도 버티던
몸부림을

하수오

내가 젊은 날엔
어린 너희에게 져줄 수밖에 없어
아래로 내려섰고

나이 따라 시대가 변하며
너희 앎이 커지고
나는 모르는 게 많아졌지
그에 따라 더 내려놓게 되고
점점 아무것도 할 수 없어
이제 몸마저 맡겨야 하니
더더욱 내려가다가 굽어져서
포기하고 다시 힘을 내고

그때마다 궁그르며
잘록잘록 긴 세월을 뭉치는
생의 뿌리 어머니

딱딱한 연필

검푸른 망망대해
일부러
돛대에 몸을 묶어
거센 물보라를 체험하면서
그 실상을 그려나간
어느 열정의 사람은 못되어도

날마다 다가와 눈을 흔들고
코를 벌름이게 하며
입가에 엷은 미소를 머금게 하는
소소한 일상과 맞닥뜨림
그 속에서 너는
어떤 충격이나 깨달음
좀 더 예민한 반응으로
네 안에 담겨 숨어있는
소박한 울림 하나도
제대로 끄집어낼 수 없더냐

꿈속의 숲

아득한 듯 들리는 소리 있어
잡힐 듯 허우적이는 손

훈계하는 어른도 되었다가
다독이는 아이도 되었다가
상처 없이 어울리면 좋으련만
함께였든
따로였든
오랜 세월 그저 흔들려도 보고
목청 돋우어 흔들어도 보았지만
상처란 상처엔 흠집투성이

못다 한 말 헝클어져
가지 끝 이파리에 매달려 팔랑거리는데
자연스레 스며들어 가까이 못 하고
언제까지나 멀찌감치에서
기웃거리기만 하려는지
쓰르라미 울음소리만 쓸쓸하게 들려온다

어떤 힘

골짜기를 사이에 두고
저편 산에 쩌렁쩌렁한 울림
기골 장대한 장수 나와 서서 외친다
자신감 넘치다 못해 오만함으로
조롱과 모욕을 서슴지 않으며
작고 초라하기만 한 연약한 무리
두려워 벌벌 떨 수밖에 없을 때

기세등등 나선 소년
불가능하다고 말리는 이들을 뿌리치고
칼과 창과 단창 앞에
막대기와 물매와 돌이라니

누구도 상상 못 할 장면
한순간 땅에 엎드러진 골리앗
갑옷과 투구로도 막지 못한
이마에 박힌 돌 하나
보잘것없는 물매일지라도
다윗이 의지하며 나아갔던 그 이름
만군의 여호와

터널 또 터널

어둡고 긴 터널을 겨우 빠져나와
빛이 비쳐올 때
침침하던 눈을 다시 부릅뜬다
이제는
밝고 쾌청함만이 펼쳐지리라
허나 저만치 또 나타나는 터널
다시 어둠이다
희미한 불빛에 의지해
출구를 향해 달린다
한참
암울하여도 터널의 끝은 있다고
곧 지나게 되리
기도하며 빛을 향한다

다시 본 울산바위

희미해질 만도 한데 기억이 새롭다
오래전 이곳에 머물던 시절
뒤 창가에 기대서서
중얼거리며 지은 미소
앞뜰 수영장 동해는 넓기도 하고
뒤뜰 정원 울산바위는 기막힌 봉우리

치솟아 장엄하다가
사뿐히 내려앉아 경쾌하다가
누가 빚어놓은 걸작품인지
신비로 펼쳐진 바위 능선

오랜 세월 빗줄기에 씻기고
따가운 햇살에 닳고 닳아
백옥처럼 눈부시고
멀리 구름 사이로 열린 빛살에
탄성 가득 얹힌 무지개
보고 또 보고 하염없이 바라봐도
경이로움은 어디까지일지

이럴 수가

아직도 멀었나
얼마나 남았을까
부푼 꿈을 꾸며
먼 남쪽을 향해 달려갔지만
무엇에 기분 상했는지
좀처럼 내보이지 않으려는 속셈
몇 날 며칠 화창했던 날씨
구름 커튼으로 가렸다

여기까지 어떻게 왔는데
올라가야 한다고 내세우다가
돌아봐야 한다고 우기다가
흠씬 비에 젖어 돌아서야 했던
안타까운 황매산 철쭉꽃 축제

알 수 없는 변덕 앞에
끝내 외면으로 터진 설움
누구도 달래지 못할 억지 심통
달려 온 길이 헛걸음 되어
희뿌연 산 허리춤을 빙빙 돌고 있다

배고픈 딱따구리

딱따구리의 뾰족한 부리가
온 산의 고요를 깬다
딱 딱 따닥 딱
욕구는 텅 빈 구멍을 만들고
비로소 얻고자 하는 먹이를 구했는지
다시 고요하다

갖은 풍상 껴안은 산과
숨은 동거라도 약속한 듯
서로 기댄 잠시의 평온

하지만 채울 수 없는 허기는
언제 또다시
격하게 뚫어대야 하는
긴장의 소리가 될지

엄마의 화분

눈을 뜨면
이끌리듯 다가가

새잎 하나 더 내밀었나
꽃망울 솟았나
깊은 눈길로 어루만지고 다독여 주며
온갖 벌레로부터 방패막이
그러다 보면 어느새 빙긋 웃으며
용감하게 일어선다

혹여 시들세라 사라질세라
따스한 숨결 먹고 자라나
어떤 순간에도 울음 참을 수 있는 것은
마음 바친 손길이 스며들기 때문

오늘도 못다 한 정성 쏟아낸 이유는
소망처럼 남은
그리운 아들
보고픈 딸

꽃비 속에서

어느 따뜻한 봄날
느닷없이
화들짝 피어나

눈부시도록
아낌없이
드러내 보이던 너

얄궂은 봄비 따라
아랑곳없이
손짓조차 못 하고

떠나버리는 너는
속절없이
잊어야 할 벚꽃

새벽 바다

해변에 높다랗게 서 있는
창가에 앉아 바라본다
구름 사이로 먼동이 트고
솟아오를 해를 숨죽여 기다린다
수줍은 처녀처럼 얼굴 내미는
마알간 광채
검게 숨죽였던 바다
은빛 물결로 잠을 깨우며
기지개 켠다
오고 가는 고깃배들 한가로운데
하늘을 통째로 부둥켜안고
모래펄 쓸어 담으며
세상의 수많은 이야기까지
끌어안을 듯한 여유

어디로 향하니

건넛산 나뭇가지에
비스듬히 걸터앉은 한 쌍의 백로
무엇을 골똘히 생각하는지
휘적이며 넘나들던 능선 너머로
고개를 길게 빼 바라보고 있다
날지 못해 남겨놓은
어린 새끼의 가냘픈 날개를 생각하며
슬프게 고개 숙였던 어미
한바탕 날개를 퍼덕이며
고고한 선회를 시작하더니
강한 이끌림에 방향을 틀고
서둘러 바람 가르는 날갯짓

기다린다

너
나
누구든
너는 보면 웃는다

화려하면 화려한 대로
탐스러우면 탐스러운 대로
작고 소박하면 또 그런대로

어쩌면 그냥 그대로
더 바랄 것 없다는 듯

저마다 지닌 아름다움
자연스레 뽐내고 있는
곱디고운 저 봄꽃처럼

지닌 모습 그대로
마주 보며 웃어줄 수 있는 순간
왜 멈칫거리는지

긴 날을 마주하면서

수년의 비바람 스쳐 지날 뿐
시나브로 선명해지는
동그란 미소

가는 여름

가면서
떠나면서
엄청 눈물을 흘린다

소리 없이 울다가
목 놓아 울다가
몸부림치며 울다가

못내
그립고 안타까운 듯
주춤주춤
꾸역꾸역
삼키며 운다
끊겼다가 이어지고 다시 퍼붓고

지난여름
견디기 험난했던
그날의 좌절로 터뜨린
오열이었나보다

남풍 불어와

3월, 이맘때면
남에서 불어오는 바람
이마를 간질이고
물오른 꽃망울
저마다 몸 풀려고 대기 자세다

삭풍에 말라 있던 가지 끝에서
서둘러 새 기운 뿜어 올리는 소리
방긋이 피어오를 꽃처녀 위해
서로 먼저 팔 걷어붙인 싱싱한 가지

봄은 설렘이다
잊힌 듯 멀리 있던 친구에게서
상큼한 연록의 사연 날아든다
훈훈한 바람결 따라
매화향 가득 싣고서

성난 바다

늘 고요하고 잔잔한 줄만 알았는데
서슬 퍼런 혀로 모래를 집어삼키더니
분노로 깎인 절벽을 향해 토해내고
온몸을 송두리째 곤두박질하는
오기의 성난 파도를 본다
아득한 그곳으로부터 여기까지
얼마를 넘어지며 달려왔는가
무릎을 꺾은 것은 몇 번이던가
꾸역꾸역 삼켰던 짜디짠 물
수없이 반복했던 토악질
다시 뒷걸음치기를 몇 차례
겨우 반란을 잠재우고
숱한 추억 베개 삼아 뒹구는 물결

우수로 가는 바람

한 바퀴 바람 쐬고 싶다는
소박한 바람을 들어드리려, 모처럼
길을 나서려는데
매몰찬 바람이 막아선다
겨울을 떠나는 바람
봄으로 내달릴 때
누가 이길까 줄다리기라도 하듯
얼마나 견디는지 시험이라도 하듯
벌판에 버티고 선 모든 것들
몸부림치며 흔들거리는데
아흔하고도 셋을 더 쌓으신 울 엄마가
가벼운 체중, 힘없는 다리로는
버텨낼 수 없는 거센 바람,
비틀거리며 그 바람을 맞느니, 차라리
그냥 꾹 눌러앉아
창밖 세상이나 내다보는 걸 택하신다

경칩 개구리

봄기운 모락이는 습지
신나는 노랫소리 가득하다

골짜기가 시끌벅적
겨우내 봉했던 입 터지니
무대라도 장악한 듯 맘껏 목청 높여
잠재된 본능 깨우는 중인가
극에 달한 외침
후련한 가슴
자연의 순리가 편한 듯하건만-

어른 아이 가릴 거 없이
얼굴의 반은 포장해야 나설 수 있는
억압된 일상
진실 없는 거짓을 가리라는 건지
너절하게 가득 찬 술수 덮으라는 건지

세 번째 맞는 경칩에도 풀어줄 기미 없으니
시원하게 떠들어대는 저들보다 못한가 보다

저무는 호숫가

고요한 출렁거림으로
팔매질하는 삶의 사연을
떠안고 또 끌어안고
담기만 하는 부드러운 물결 위로
붉은 노을이 부서져 내린다
언제나 그랬다
순순히 모든 것을 받아주고는
그저 어디론가 무심히 흘러갈 뿐
적막하기만 한 호수
누구도 모를 그의 울렁임은
도무지 헤아릴 수 없는 너만의
깊어질 대로 깊어진
내면의 순응이었음을

달개비의 꿈

햇살 스미는 창가로
살금살금 기어오른다
잎 하나 삐죽 내밀면
다른 방향으로 또 하나
이어서 이어서 휘감고 돌아
한 바퀴 두 바퀴
긴 날을 마주하면서도
웃음 한 번 크게 마주친 적 없는
그러려니 지나온 세월

묵묵히 뻗어나가다 보니
달개비 씨앗 점점 찍히고
수년의 비바람 스쳐 지날 뿐
시나브로 선명해지는
동그란 미소

그래도 서 있는 나무

숲에서
아무렇지도 않은 듯
드높은 하늘 향해
덤덤히 서 있는 나무의 손짓에 다가갔다
울퉁불퉁 불거진 상처투성이
매끈한 몸 찾을 수 없다
햇살 찾아 기웃거리다 뒤틀리고
가지 잘린 곳마다 꿈틀 꺾이면서
아픔의 눈물 핏물 염증 되어 찌르지만
그래도 버틴다
홀로 앓고
홀로 치유하면서
두 팔 치켜올린 간절함으로
하늘이시여!

입동 영산홍

꽃인지 잎새인지
단풍 들어 빨갛게 변해버린 잎 사이로
얼굴 내민 몇 송이 꽃
때가 아님을 아는지
봄처럼 화사하게 고개 들진 못한다

누군가를 찾으려 기웃거리는가
이내 찬 서리 내리고
매서운 바람 불어오면
단번에 접어야 할 숙명
어이해 시절을 알지 못한 채
무엇을 아쉬워하며
아직도 서성거리는지

낙엽 한 장

바스락 소리에
귀 쫑긋
계속 따라오며
말을 걸어 오지만
못 본 체 시침 떼고
외면해 버렸더니
따라오다가
따라오다가
지쳐버렸는지
언제부턴가 뚝 멈춰 서서
더 이상 아무 소리 들리지 않는다
왠지 궁금해져 뒤돌아보니
팽그르르 토라져
돌아서 버린 걸

재활용품

필요할 땐
어우렁더우렁 사용해 놓고
쓸모없다 여겨질 땐
가차 없이 던져진다

정성스레 담아주기도 하고
곱게 감싸 주기도 하며
아낌없이 불사른 몸
어느 순간
내동댕이쳐지는 서글픔
겪어야 할 운명이런가
귀히 쓰던 때를 기억해
쓰레기라 부르지 마라
다시 소중해질 그날을 위해
묵묵히 떠나가 있을 뿐

부푼 꿈

숲길을 지나다 보면
오래된 소나무 꼭대기까지 올라가
정성으로 꽃피운 능소화
소나무인지
능소화인지
사방을 시원하게 바라보리라
주변의 아름다움 맘껏 즐기리라

몇 날 며칠
어찌어찌 기어오르고
아득히 타오르고
애써 수고한 만큼 올랐으리
남몰래 흘린 눈물만큼 꽃 피웠으리

산에 반하다

말없이 바라봐 주고
언제나 두 팔 벌려 반겨주는
싱그러움 속으로 빠져든다

북적이며 밀려다니던
혼탁한 삶에 흔들거리다가
햇살 터진 상큼한 숲 사이로
어깨 들여놓으면
사느라
살아가느라
경직된 근육들 자연스레 춤추고
줄지어 얽힌 뼈마디
초록에 풀어져 가벼이 떠나간다

정겹게 익어가는 발걸음 사뿐하고
작은 대숲 일렁이는 바람
신선함에 심호흡 한 번 더

수국이여 안녕

눈이 부시도록 뽀얀 살
꽃으로 피어나
두런거리던 초여름

틈새를 파고들어
어깨 비비다가 서로 밀어제치고
함빡 웃어도 보면서
제자리를 채워간다

이제 뜨거운 바람 불어와
탐스럽던 모습 어렵게 비워내며
다짐한다
하늘만 올려다보는 것보다
땅을 내려다보며 살겠다고
푹 떨군 무거운 고개

부슬비에 섞여
하얗게 허물어져 내리는
꽃비가 애처롭다

할미꽃

충성이란 꽃말은
어이 달아주었나

평생 자식 뒷바라지에
납작 허리 휜 울 엄마처럼
온 맘 정성 다 바치라는
모두의 바람이었나

깊은 시름 끌어안아
흰털로 뒤덮인 몸
아직도 못다 했노라
고개 푹 떨구고서
진 붉은 핏덩이 마음
옛 추억 건드리는
살랑 바람에
애써 방긋 웃어주고 있다

감나무의 노래

톡 또그르

툭 뚜그르

콩 꼬르르

쿵 꾸르릉

언제부터인가
지붕 위의 노래가 시작된다
세상으로 뻗는 가지 꼭지로부터
차츰 자라나며 커지는 소리
거친 비바람에 시달리고
작열하는 태양에 얼굴 비비면서
타는 듯한 뜨거움을 단맛으로
모질게 흔들어대는 서러움을 감칠맛으로
그 전부를 아울러
입에 착 달라붙는 매력의 맛으로
신비롭게 바꿀 줄 아는 너는
진정 세상살이의 달인

너의 자리

그곳에 있어야 했는데
순간 멈추지 못해
갈 곳 모르고 제멋대로 내달린다

그 누가 막을 수도
따라가 잡을 수도 없이
지켜야 할 것을 무시한 채
거꾸로 튕겨 달아나는 너
기막히게 소스라칠 일이다

어떤 명령도 아랑곳하지 않고
난폭하게 가로질러버리다니
고통으로 남겨둔 엄청난 충격
제 몸을 으스러뜨리고 나서야
겨우 멈춰서는 위험한 반란

제4나

하얀빛을
추구하던 순간

나는 너의 눈이 될 수 없고
너는 나의 귀가 되어주지 못하는
아스라이 멀리서 바라만 보며

너를 잊은 나를

언제나 가까이 있던 너를
모르는 척 돌아보지도 않고
애틋하게 고마워하지도 않았다
모든 걸 도맡아 바쁘게 움직이는
오른팔에만 감사의 눈길을 주었다

잔뜩 구름 끼고 어둑한 어느 날
나도 많은 일을 하고 있다고 투정을 한다
한 바퀴 돌아가기는커녕
하늘을 향해 올려지지도
등 뒤로 젖혀지지도 않는
고약한 뻣뻣함으로
찌릿한 고통을 늘어뜨린
왼팔의 반란

불만이 뚱보 된다

행복, 행복해야 해
입버릇처럼 말하지만
땅이 좀 더 많았으면
물이 좀 더 많았으면
언제나 부족해 툴툴거리고
언제나 못마땅해 퉁퉁거리고
커다란 풍선처럼 불어난 몸

되돌린다는 것이 얼마나 어려운지
욕심 찌꺼기 걸러내고
모난 부정 덩어리 녹여 없애야
그때 비로소
깃털처럼 가벼워지리

넘어진 나무

그는 더 흔들리지 않는다
그의 움직임이
재생되거나
더 재연될 수가 없다

다만
아주 착한 그 웃음이
속된 여기보다
거기에서 더욱 어울리는가 보다

누구나
언젠가
가야 할 그곳에서
그를 더욱 필요로 했던 모양이다

속내

눈물 글썽이며 선한 말을 하던 그
절박하게 갈고 닦은 수도 생활 속
하얀빛을 추구하던 순간순간
오히려 어둠으로 깊어지는 생애
어긋나고 빗나가던 마른 문장

나는 너의 눈이 될 수 없고
너는 나의 귀가 되어주지 못하는
아스라이 멀리서 바라만 보며
고통에 다가서는 고요한 몸짓

네 손으로 입을 막으라

이제까지 몇 번을 읽고 지나갔건만
그저 그렇게 넘겼던 그 말

'만일 네가 미련하여
스스로 높은 체하였거나
혹 악한 일을 도모하였거든
네 손으로 입을 막으라'
잠언의 말씀

요즈음 꽤 자주
내 손으로 입을 막게 됨은
진정한 참회와 순종에서인가
공포와 단절의 멀어짐인가
가득한 교만과 악이여
제발 물렀거라

울음으로 떠오르는 해

꼬끼오
목 놓아 운다
아픈 가슴 두드리듯
홰를 치며 운다
울고 이루어지지 않으면 가식이라고
날개 아래 품어온 둥그런 사랑
푸드덕거리며 일어서는 어미
뜨거운 알을 가슴 앞에 놓고
동트는 하늘을 향하여 치켜든
어미 닭의 목울음

구순 선녀, 하늘을 날다

몇 달 전
선녀 옷이라도 걸친 듯
홀로 태평양을 날아가신 엄마
손을 저어도 닿지 않을 아주 먼 곳에서
엄마 냄새 그리며 효도하고픈
외로운 살덩이 와락 안으시고
당신 발바닥에 대륙 여기저기 구겨 담으신 후
다시 홀로 그리운 고국행

아무렇지 않게 하늘을 나시던 날
무사 귀환 두 손 모은 살 조각들의 기도
환하게 손 흔들며 다가오시는 모습
안도와 보고픔에 그렁그렁
더 바랄 게 없다
딱 그만큼만, 엄마 닮았으면

외줄 인생

아슬아슬 길도 없는데
공기를 가르는 발걸음
여기저기 띄우는 글 줄기
번개로 번뜩인다
어느 줄기에선 주르륵 눈물
어느 대목에선 박장대소
때론 고지에 오른 쾌감
그러다가 어느새
울창한 골짜기를 헤매는 섬뜩함
바싹 마른 가슴마다 폭포로 채우고픈
무한히 쏟아붓는 날숨의 가락
그 그늘에서 조금씩 날개를 퍼덕여 보지만
좀처럼 스며들지 않는 자갈들
허나 오늘도 치우치지 않으려
장대를 치켜들고 춤추는 그를
숨죽이며 바라만 본다

멍

이제까지 별일 없이
잘 걸려있는 것처럼 보이던 것이
살짝 건드렸는데
기다렸다는 듯 곤두박질친다

저 혼자 떨어지기 억울한 모양
처참한 상처를 남기며 낙하
험한 고통 위에
함께 겪어야 할 서러움을 그려놓고
오래오래 조심스럽게 새기라고 당부하는
검은 자욱의 열변

님의 눈물

약속 없이 떠나가신 뒤
마주 웃던 예쁜 미소 사라지고
한뿌리에서 너울거리던 잔가지들
하나둘 억지로 잘라내더니

비뚤어진 탐욕의 줄기 하나
진정 쥐어야 할 것은 놓아버리고
버려야 할 것은 틀어쥐는 바위
땀의 낱알은 사방에 흩뿌려지고
허공으로 떠나보낸 잃어버린 시간
기억 속 그 모습은 언제 다시 찾으려나
낡아 헐린 곳 정으로 다독이고
막혀있는 찌꺼기 씻어내고 있는
초여름날의 호우

마스크

아무래도
세상 모든 이가
그릇된 말을 너무 많이 했나 보다

허공을 맴도는
쓸데없는 헛소리
거짓되고 부풀린 자만
아픈 상처 덧나게 하는
불화살 같은 말

늘 지켜보시는 창조주께 보인
피조물의 교만과 불순종의 극치

때문에
지구상 만물의 영장에게
오죽하면
입에 덮개까지 씌우는 걸까

우수로 가는 숲길에서

지난 크리스마스에도 기다렸고
소한 대한 때도 기다렸던 너

우수를 앞두고
주먹만 한 목화송이가
댕강나무 가지 위에서
봉긋 일어서고 있는 눈 숲길

그동안 메말랐던 도랑 물소리 들리고
곧 터질 새봄 속삭이는데
저만치 노루 한 마리
눈 숲을 여유롭게 걷고 있다

메주 다시 태어나다

삶은 콩들이
멋 내고 모양내고
푸른 꽃까지 피워내 보지만
천하 추녀 대명사로 푸대접이다

밟히고 치대이며
오래 버티고 견딘 후에
구중심처에 들어앉아
그윽한 장맛으로 살아나니
천하제일 건강식
부러울 게 없다

짧은 순간 긴 호흡

그해 겨울 어느 날
싸락눈이 유년 시절의 볼을 때리고
어지럽게 거칠어진 눈발이
고단한 청춘의 때를 대신하더니
안개인 듯 먼지인 듯
찌뿌둥하게 내려앉은 희뿌연 산천초목이
멀리도 가까이도 살필 수 없던
오만의 시절을 일러바친다

그래 전부 지켜보았고
모두 알고 있었던 걸
그리 살아내야 했던 쓰라린 시간을
넌지시 눈감아주고 끄덕여주면서
기어코 부끄러운 회개라도 끌어내고 마는
찰나의 순간
길고 긴 들숨 뒤에
가장 짧은 날숨

겨울만 살다 간 여자

꿈을 안고 달리던 푸른 시절
겨울 바닷바람에도 발그레하던 볼
생글거리던 눈웃음의 너

모래바람 속 목멘 가슴 두드리며
가쁜 숨 솟구쳐 속울음 울던
꿈결 같은 너의 인생 자리

왜 그리 스산한 칼바람만 몰아쳤는지
이제 겨우 이순의 문턱을 넘어섰는데
갑작스레 날아온 소천이란 문자

어리둥절 가슴 에이고
빛바랜 동백꽃 하나
털썩 내려앉는다

눈 맞춤

바라보기도 전부터 글썽이던 눈물
생각만 해도 저며오는 가슴
삶의 무게가 너무 힘들어
던져버렸던 그 시절
그러지 말걸
돌이켜 후회한들 아무것도
찾을 수 없는 추억의 공백
먹먹한 두려움 마음에 안고
가까스로 찾아낸 퍼즐 조각
틀어진 형체 다독이며 끌어안는
오열의 눈 맞춤

생전 처음

삶은 계란 몇 개 중
조심스레 고른 하나
톡톡 두드려 껍질을 벗기고
한 입 베어 문다

뭔가 허전하다
한 입 더 가면
있으려나
있겠지
끝까지 노른자는 나타나지 않았다
무엇으로 생장의 힘을 끌어올리려고
속없는 놈

쑥부쟁이꽃

무엇이 그렇게도 놓을 수 없어
질긴 끈에 묶여있었는지

하얀 부추꽃

스스로 열을 내어 겨울을 견디다가
제일 먼저 번쩍 땅을 쳐들고
힘찬 기지개로 얼굴 내밀면
반겨 맞이하게 되는
질긴 생명력
담 밑 한쪽 베어내면 또 다른 한쪽
여기 있다 내어주는 기막힌 헌신
주고 또 주고 끝까지 주는
제 한 몸 녹아내릴 때까지
네게도 섞이리라 맛을 내거라
네게도 힘주리라 목청 높이거라
한껏 주다가 가슴팍에 박힌 대궁
뿌리보다 더 뻣뻣하게 솟아올라
별처럼 환하게 웃어주고 있는
영양가 엄지척인
구순의 엄마

처서, 배롱나무

아침저녁이 서늘해지면
초록의 뜰 안 한쪽에 서서
한여름 내내 붉게 타는 꽃술

그리운 얼굴 흔들림에 걸어두고
이제나저제나 기다리는 모정

그래도 어김없이 태연한 척
괜찮다 괜찮다 다독이면서
휘적휘적 휘젓는 손사래
가지들은 제멋대로 너울거리건만
버짐 먹은 몸은 상처투성이
온몸 불살라 피워줬다 한들
시들어 말라가면 그뿐
제 잘난 척 모르는 척
딴전이다

착각

연분홍 나팔꽃 같은 얼굴로
거울을 본다
순간 그 얼굴이 내 얼굴인 양
입을 벌려 사연을 전할까
귀를 열어 소식을 들을까
또 다른 표정이란 걸 모른 채

녹음된 내 목소리 처음 들으면서
귀에 들려오던 그 소리가 아니어서
낯설어 놀라고 신기했지

어쩜, 몰라도 그리 모를까
보고 싶은 것만 보고
듣고 싶은 것만 듣다가
떠나는 그 순간까지도
한숨으로 벅찬 공허한 나팔 소리
그 속에 갇혀있겠지

소나무처럼

능선 따라 양지바른 곳에
그는 서 있다

척박한 바위틈
낭떠러지에 아슬아슬하게도
그는 서 있다

어느 곳에 서 있든
누구도 탓하지 않고
견디기 어려운 바람이 불면
스스로 가지를 부러트리면서
그렇게 서 있다
그가 그렇다

함박꽃 인사

어제도 그제도 변함없이
화려함 뽐내면서 거드름 피우더니
소리 없이 내리는 가랑비에 젖어
벙글거리며 소담스런 꽃송이 후두둑
나약한 줄기를 탓하며 누워버린다

견딜 수 없는 서러움이 아픔 되었는지
그리움만 그득 남긴 채
비록 지금은 쏟아져 내려
하나하나 흩어진 마른 잎새 되지만

다시 봄이 오면, 새날이 오면
화안하고 탐스러운 함박웃음으로
돌아오리라 손을 흔든다

등나무 덩굴

촉수 세워
휘감고 또 감고
칭칭 돌아
옥죄고 또 옥죄면서
올라간다

둘이 한 몸 되려 끌어안다가
남모르게 깊이 파인 자국

아프다 외치는 소리 귀 막고
느슨하면 살며시 뒷걸음칠까 봐
차갑고 모질지만 애틋하게
자신만의 방법으로 갇혀버린
얄궂은 등나무 덩굴 사랑

쑥부쟁이꽃을 어쩌나

좀 더 피어있을 일이지
길옆엔 흐드러지게 피어있는데
어이타 홀연히 지고 말았는지

모두가 어떤 인연에라도 매인다지만
무엇이 그렇게도 놓을 수 없어
질긴 끈에 묶여있었는지

푸른 시절 어디에다 감춰두고
돌아올 수 없는 그곳에서
홀로 말없이 머물려 하는지

무던히 주고 또 주고
온몸과 맘 아낌없이 다 쏟았으니
이제라도 양지바른 곳에서
연보랏빛 미소로 머물렀으면

여름은 또 그렇게 왔다

눈을 뜨니 어느새 다가와 있었다
남쪽 바다 간질이는 바람이 불면
노랑으로 아가 웃음 터지고
연분홍 새색시 흐드러지다가
그윽한 하양으로 향기롭게 덮여갈 때
한바탕 야단스러운 소용돌이,
자욱하게 가슴 조이는 미세먼지
축축한 비구름 온 하늘 덮어도
순식간에 말갛게 걷히는 것은
싱싱한 여름이
성큼 다가와 있기 때문이다

사흘간의 체험

담을 없애려 애썼지만
담은 한없이 높아만 가고
좀처럼 부서져 내릴 줄 몰라
갖가지 폐기물만 덧쌓였다

어느 날
원인 모를 담이란 근육 통증으로
작은 등 한쪽 마비시키더니
한 발짝도 뗄 수 없이 정지된 몸
살아있으나 죽음과도 같은
꿈꾸듯 오래 누워
가련함 삭이라는 뜻일까

온찜질이 굳은 근육 다스리고
쌓인 담의 숙제를 풀어준 사건

따스한 사랑만이 막힌 담을 헐 수 있었던
고난주간 사흘간의 놀라운 체험

봄꽃 통증

죽은 듯 말라 있던 나뭇가지에서
봉긋하게 뚫고 나온 어린것들
해산의 고통은 최고로 칭하면서
신비하게 내민 새움의 통증은
그저 기지개인 양 아랑곳없이
화려함에만 취해 소란이다

머지않은 날
비 내리면 날개 축 처지고
바람 불면 어디론가 날려버리는
안타까이 짧기만 한 생의 몸부림
저마다 앓는 사연 담고 떠나는
봄꽃의 속사정이나 귀 기울여 본다

먼 길

길게 구부러진 산길 따라
깊숙이 들어갈 때 뿌리던 비
구름으로 맞닿은 하늘가
검은 산이 다가오고

옛정 그리워 모여든 이들
젊은 날의 추억을 끌어내는데
청아한 풀벌레 소리 숲을 흔들고

어깨 위에 놓인 시름
까맣게 잊을 수 있는 것은
촉촉한 이야기로 꽃피우는 거다

일그러진 자화상

거울 속에 있던 그는
그가 아니었다
가슴에 묻힌 한을 애써 삭이며
휴지 조각처럼 구겨진 주름 사이로
매정하게 흐르는 세월의 강을 본다
떠오르는 것이라고는
빗나간 그때 그일
어지럽게 돌고 돌아
덧없이 빠져나간 쿨렁한 공간
시린 바람 우수수 불어오면
잎은 가벼워지는데
줄기는 무겁기만 하다

탄생

빛을 향해
장막을 헤치고 나왔다

고개를 이쪽으로 돌리면 하늘이
고개를 저쪽으로 돌리면 대지가
터뜨린 울음은 탄생이었다

둥근 손짓 따라 세상이 환해지고
뒤뚱이는 발걸음 따라 힘이 솟는다
사계절이 찰나다
첫돌 맞은 딸의 딸
그저 예뻐, 너무 예뻐

딸의 그 시절이
할미 눈에 아련하다

낭비

당신의 세월을 훔쳐 갔다고
왜 그리 헛된 원망인가
그럴만한 촌음이라도 주어지거든
미워할 힘이라도 아끼고 아껴
정겹던 시간을 붙잡아 볼 일

이글이글 탐하던 내게 없는 것들
손아귀 넘치도록 움켜쥐던 허영
어차피 되돌려 가질 수 없는 거라면
놓쳐버린 후회조차 소용없는 일
아까운 틈새나 이용하길

꿈을 피우는 복음의 불꽃
-무극교회 70주년 기념 축시

한 사람의 칠십 평생을 돌아보아도
울고 웃고 놀라운 일로 가슴 적시는데
부름을 받은 수많은 발걸음이 이어진
무극 성전의 칠십 년은 어떠하랴

일천구백사십팔 년 삼월
전능하신 그분의 검지가 가리킨 땅
복음의 불모지 금왕에서도 작은 마을 쇠실

압제와 굴욕에서 겨우 깨어난 어린양들
찢기고 상한 마음 채우라는 그분의 말씀
초가삼간 너머로 터질 듯 일어난 복음의 불씨
소중한 영혼 돌아오라 사랑의 씨를 심었습니다

갖은 비난과 욕설도 십자가로 여기고
몸부림치며 기도했던 사역자들의 세월
눈물 뿌려 기적처럼 마련한 교회 부지며
모래를 퍼 날라 벽돌 찍던 일
주님의 일이라면 시간과 몸을 아끼지 않던
그 시절 그 열정을 기억하십니까

충성 봉사 헌신을 다 하셨던
오늘의 감격스런 무극 교회로 행복을 가꾸게 되었습니다

이제 보내시는 곳이면 어디든
전국 방방곡곡 세계 열방까지도
주님의 명령 따라 꿈으로 피워가는 선교의 사명자

교육으로 확실한 믿음 세우고
복지로 이웃사랑 실천해가는
백향목처럼 아름답고 향그러운 무극교회
포도나무처럼 주렁주렁 열매를 맺어가는 무극공동체
위대한 꿈 100년의 길로 영원을 향해
합력하여 주님의 뜻을 이루어 가소서

바벨탑

하늘을 향해 치켜올린다
자꾸자꾸 쌓으며 또 쌓는다
그 위에 아슬아슬
더
더
더
올라가면 올라갈수록
더 많은 것들이 유혹하고
내 것으로 안고자
치열한 몸부림

무언가 곧 잡힐 듯하다가
어느새 멀리 달아나고
그러면 또 헐레벌떡 쫓아가고
그러다 문득
바삭하게 살아있는 뼈대를 본다

내 마음에 탄일종이

성탄의 종소리가 들려옵니다
어두운 좁은 공간에
힘없는 자신을 꽁꽁 가둔 채로
아무리 들어도 귀가 안 트인다고
색다른 눈이 뜨이지 않는다고
좀처럼 낮아질 마음조차 없으면서
말소된 양심과 뻣뻣한 혀로
하늘 향해 소리치던 초라한 우리에게

주님만이 할 수 있는 성령의 빛으로
슬픔과 고통 두려움을 밝은 세상으로 인도하시고
대신 그 죄를 지시려 구유에 나시고
섬기기 위해, 죽기 위해
이 낮은 땅에 오신 그분 예수

나의 결핍 하나 하나 채워주시고
소망, 기쁨, 평안으로 은혜를 주시는
구원의 주님과 만남을 위해
이 밤 깨어 마중하렵니다
삶의 분초마다 주님을 자랑하면서

목판 시비와 시

내 사랑 금왕

금왕활동단시인
김 순 덕

황금의 터전 위에 무한히 뻗어 나가는 이곳
배 터와 예순터에서 돌무룹를 거쳐
무기 장터 가로질러 벅류하는 응천은
흘러 흘러 남한강이요
다부내와 버들개, 되자니 물을 합쳐
미호천으로 흘러내려 금강이라

삼 형제 저수지는 풍요로 출렁이고
백아 효양림은 은은한 고향 쉼터
마을 골골 마다 기상이 솟구치니
민족의 맥이 예서 축이 되어 벅특인다

숨 고르기 하자면 대지가 소리 지른다
진실의 귀를 열고 지혜로운 마음 읽어
조화롭게 지워나가야 할 우리 공간
벅찬 희망의 금왕, 금왕인이여!

음성군

내 사랑 금왕

금왕활동등단시인
김순덕

황금의 터전 위에 무한히 뻗어나가는 이곳
배 터와 예순터에서 돌모루를 거쳐
무기장터 가로질러 북류하는 응천은
흘러 흘러 남한강이요
다부내와 버들개, 되자니 물을 합쳐
미호천으로 흘러내려 금강이라
삼 형제 저수지는 풍요로움으로 출렁이고
백야 휴양림은 은은한 고향 쉼터
마을 골골 마다 따사로운 기상이 솟구치니
민족의 맥이 예서 축이 되어 번뜩인다

숨 고르기 하던 대지는 소리 지른다
진실의 귀를 열고 지혜로운 마음을 열어
조화롭게 채워 나가야 할 우리 공간
벅찬 희망의 금왕, 금왕인이여!

-음성군 백야리 호반길

그리움 그 속엔 고향이

금왕향토시인 김순덕

소슬바람 불어와 그리움이 옷깃을 파고들면
그림이 그려지는 포근한 옛집

야트막한 담 너머로 꿈을 나누고
저녁연기 모락이는 추억의 문이 열리면서
짙은 고향의 내음에 시간의 벽은 허물어지고 만다

삶이라는 이름 달고 돌고 돌은 산천 그 어디었던가
내 아버지 어깨 닮은 뒷산은 아니었고
내 어머니 가슴 닮은 앞 개울도 아니었지

타향살이 등불 아래 그림자 흔들리고
향수 어린 고향 땅엔 늙으신 부모님
언젠가는 돌아가야 한다던 내 고향 무극
이제서 돌아와 흙 내음에 취해서
못다 한 사랑 풀고 어화둥둥 살고지고

🔺금왕(제천)휴게소

110

그리움 그 속엔 고향이

금왕향토시인 김순덕

소슬바람 불어와 그리움이 옷깃을 파고들면
그림이 그려지는 포근한 옛집

야트막한 담 너머로 꿈을 나누고
저녁연기 모락이는 추억의 문이 열리면서
짙은 고향 내음에 시간의 벽은 허물어지고 만다

삶이라는 이름 달고 돌고 돌은 산천 그 어디였던가
내 아버지 어깨 닮은 뒷산은 아니었고
내 어머니 가슴 닮은 앞개울도 아니었지

타향살이 등불 아래 그림자 흔들리고
향수 어린 고향 땅엔 늙으신 부모님
언젠가는 돌아가야 한다던 내 고향 무극
이제서 돌아와 흙 내음에 취해서
못다 한 사랑 풀고 어화둥둥 살고 지고

- 금왕휴게소(평택→제천 고속도로휴게소)

머무르고 싶은
-백야 차라바위-

월천 김순덕
금왕향토시인

백 년을 건넜을까
천 년을 숨었을까
긴 침묵 깨고 내민 목덜미
깊은 수렁 뚫고 나와
웅크리고 앉아있다
기어오르던 기슭엔 우뚝 소나무
가재 잡던 도랑엔 정겨운 시냇물
구르는 도토리 따라 다람쥐 뛰놀고
풀벌레 소리 꿈 조각으로 떠도는
고고한 백야의 숨결
가파른 세월을 건너와
머무르고 싶은 생의 평온

머무르고 싶은
-백야 자라바위

월천 김순덕
금왕향토시인

백 년을 견뎠을까
천 년을 숨었을까
긴 침묵 깨고 내민 목덜미
깊은 수렁 뚫고 나와
웅크리고 앉아있다
기어오르던 기슭엔 우뚝 소나무
가재 잡던 도랑엔 정겨운 시냇물
구르는 도토리 따라 다람쥐 뛰놀고
풀벌레 소리 꿈 조각으로 떠도는
고고한 백야의 숨결
가파른 세월을 건너와
머무르고 싶은 생의 평온

- 백야리 산림공원

비상한다
-무극리

김순덕
금왕향토시인

발걸음이 수없이 거쳐 간 땅
금왕은 무극으로부터다
가장 중앙부에서 반짝거리며
최고의 금을 쏟아낸 금빛 마을
오 일마다 북적이는 무기 장터엔
삶을 이고 지고 나르던 일상이 펼쳐지고

삼 형제 저수지의 물줄기가
서로 만나 얼싸안고 흐르는 응천은
여인의 애환을 보듬고 노래한다
다리 건너로 이어진 숫돌고개며 광산고개까지
즐비하게 들어선 상가와 아파트
그윽한 옛 모습 자취 없지만
마음속에 새겨진 따스한 고향 내음
함께 품고 정겹게 살아갈
비상의 날갯짓

- 응천 둘레길

116

벚꽃이 풀어 헤치는 봄
-생극 팔성

김순덕 시인

더 이상 아름다울 수 없을 그때
모든 것을 내려놓을 줄 아는 이여
그대가 진정 봄의 여왕 벚꽃임을

변신을 거듭해 온 세월 속에서도
한 줄기 휘몰아친 역사를
지천서원에 새겨넣고
팔성산 자락에 옹기종기 모여 사는 사람들

우두커니 서서 기다려도 보고
멈칫멈칫 떠나보기도 했기에
한바탕 벚꽃놀이로
자지러지게 웃음을 흩날리며
얼씨구절씨구 어깨춤도 추면서
신명의 내일을 부른다

- 생극리 벚꽃십리길

미소는 파문을 일군다
-직립을 갈망하며

증재록
(한국문인협회 홍보위원)

김순덕 시인의 시정

미소는 파문을 일군다
-직 립을 갈망하며

증재록

(한국문인협회 홍보위원)

1. 하나의 나로 우뚝 선다

달이 밤하늘을 밝히며 떠나고, 달이 물살에 스며 흐르는 아름다운 정경이다. 순간 변하고 떠나가며 흘러가는 날을 보여주는 月川 김순덕 시인이 시심을 달구며 만난 지 20여 년, 이미 간격이 벌어졌을 기간인데도 한결같은 마음으로 이어온다. 나보다는 너를 챙기고 살펴주는 미소다. 만나는 점 하나가 올곧은 시의 자리 때문일 거다. 떠나는 순리를 잡아 마음 자락에 시상을 부르고 펼친다. 어둠을 밝히는 달과 쉼 없이 흐르는 물, 모두가 그 자리에 맞도록 변하고 순응한다.

성실한 일상의 사랑과 그분에 대한 믿음이 깊은 月川 시인, 그거 말고 무엇으로 그 마음을 펼칠 수 있을까. 순

수의 마음으로 빛줄기를 맞는 맘결이 다사롭다. 볕으로 그림자를 피우는 여름인가 하면, 빛깔로 내려서는 가을이 다가서고, 바람으로 품어 드는 겨울에 움츠리다 보면, 흙을 트면서 다가서는 봄이 몸을 내세우는 철이 들어서, 철철마다 계절마다 따뜻하고 덥고 서늘하고 춥게 생각을 일깨운다. 시시각각 시간의 의미를 확산시켜 터를 다지는 열성과 인내로 자아를 성숙시킨다.

눈을 떠도 보이지 않는 심상이 그냥 조용하고 은근한 것만은 아니다. 바람이 불면 파문을 펼치는 수면처럼 맘결을 시로 펼친다. 시가 주는 행복한 의미를 넘어서 시심을 끌고 가는 인도, 시련과 아픔을 품는 미소, 용서와 배려 그분을 향한 믿음과 희생으로 구원받으며 손을 모은다. 올바른 길, 직립을 갈망하며 시집을 펴낸다.

2. 꽃이 져야 맺는 열매

시침은 오늘 안에서 둥글게 돌고 돈다. 언제나 오늘뿐이기에 스치고 간다. 그 안에서 쉼 없이 날을 세운다. 마음 하나 풀어내기 그걸 세워놓고 뜻으로 펼치는 시는 앙금 진 봉오리를 풀어 피우는 꽃이다. 꽃 지면 맺는 열매 그 순리는 평안이다. 백수를 향하는 엄마의 눈이 촉촉해진 걸 본 그날, 좀 더 가까이, 이제는 좀 더 마음껏 날과 날을 맞고 보내는 엄마와 함께한다.

햇살 좋은 날
향기 나는 숲길을 거닐다가
전망 좋은 쉼터에 잠시 머물러
하늘을 우러른다

살랑이는 잎새의 정겨움이 흐르고
시샘하지 않으며 소곤거린다

하늘 아래 다투지 않는 순응의 그림들
서로의 사랑스러운 몸짓으로
그저 바라만 볼 뿐
그저 미소만 지을 뿐
아우름뿐이다

-「무엇이 보이는지」 전문

본다는 건 오늘을 사는 힘이다. 진실을 본다는 건 눈을
벗어난 귀와 코와 입 그리고 살갗이다. 본다는 건 사랑을
바탕으로 어울리고 아우르는 마음, 순응에는 다툼이 없
는 양보와 봉사로 제 몸을 터는 거다. 시심의 한 자락이
더 가까이 친근하게 다가온다. 감각을 세우고 진실을 찾
는 몸짓이 편한 미소다. 아무나 보지 못하는 사랑의 깊이
를 보면서 갈래갈래 길에 그분의 염원 사랑을 심는다.

그저 꽃이다
조금 찌든 꽃잎도 그냥 보아줄 수 있고
다소 째진 꽃잎에도 참아 넘길 수 있는

낙화 모습 보이면
가슴이 저며오고
꽃핀 모습 보이면
금세 뻥 뚫어지는
진한 오감으로 열려있는 무엇

그의 속에 숨어있는 나
내 속에 감춰져 있는 그
하늘 아래 어느 곳에 있어도
피고 지고 피어나는 단단한 연줄의 꽃

-「살붙이」 전문

　오고 가는 것은 숙명적 필연이다. 핏줄은 살고 죽는 게
아니고 잇고 이어서 영원을 간다. 단단한 연줄이 피기만
하고 깊이는 보이질 않아 존재하는 것에서 조상 대대로
숨결을 모은다. 자리는 두렵고 애타지만 정겹고 뿌리를
억세게 뻗는 힘이다. 풍파에 찌들고 깨지고 부서져도 연

줄은 끈질기게 이어져 기죽지 않고 등을 세워 일어선다.
이런저런 꽃이 어울려 만발하는 이유다.

　　햇살 스미는 창가로
　　살금살금 기어오른다
　　잎 하나 삐죽 내밀면
　　다른 방향으로 또 하나
　　이어서 이어서 휘감고 돌아
　　한 바퀴 두 바퀴
　　긴 날을 마주하면서도
　　웃음 한 번 크게 마주친 적 없는
　　그러려니 지나온 세월

　　묵묵히 뻗어나가다 보니
　　달개비 씨앗 점점 찍히고
　　수년의 비바람 스쳐 지날 뿐
　　시나브로 선명해지는
　　동그란 미소

　　-「달개비의 꽃」 전문

　　나날이 고된 삶의 비의를 품고 있는 달개비꽃은 신비의
사랑을 품고 있지만 겉으로는 볼 수가 없다. 꽃의 깊이를 보지도 못하기에 그저 잡초로 치부한다. 밤이 되면 끝없이 하늘로 꿈을 펼치는 꽃. 깊이를 열면 사랑이 부끄러운 듯 몸을 튼다. 안타까운 거리가 마음에 닿으면서 끝없이 펼쳐지는 창공, 사랑을 아름다운 보로 감싸며 새기는 진실한 미소가 중심을 이룬다.

눈물 글썽이며 선한 말을 하던 그
절박하게 갈고 닦은 수도 생활 속
하얀빛을 추구하던 순간순간
오히려 어둠으로 깊어지는 생애
어긋나고 빗나가던 마른 문장

나는 너의 눈이 될 수 없고
너는 나의 귀가 되어주지 못하는
아스라이 멀리서 바라만 보며
고통에 다가서는 고요한 몸짓

-「속내」 전문

　내가 너일 수는 없고 네가 나일 수도 없다. 한 곳을 바라보아도 심안은 각기 다른 뜻을 품듯 오감을 품는 고요다. 깊은 생각에서 희망이란 뒤엔 절망이 있고, 빛이란 바닥에는 그림자를 그린다. 추구하는 빛의 순간순간에 깔

리는 어둠 그 어둠 덕에 빛은 밝아진다. 이럴 수도 저럴
수도 없는 상황에서 중앙에 머무는 속내는 사방을 둘러
보고 거리를 둔다.

좀 더 피어있을 일이지
길옆엔 흐드러지게 피어있는데
어이타 홀연히 지고 말았는지

모두가 어떤 인연에라도 매인다지만
무엇이 그렇게도 놓을 수 없어
질긴 끈에 묶여있었는지

푸른 시절 어디에다 감춰두고
돌아올 수 없는 그곳에서
홀로 말없이 머물려 하는지

무던히 주고 또 주고
온몸과 맘 아낌없이 다 쏟았으니
이제라도 양지바른 곳에서
연보랏빛 미소로 머물렀으면

-「쑥부쟁이꽃을 어쩌나」 전문

하루를 맞고 보내는 일상이지만 곧게 세울수록 어긋나는 걸음걸이다. 내디디는 발이 습성에 젖어 밋밋한 듯 보이지만 낯선 길을 헤치는 날카로움이 있다. 피고 지는 건 어느 날 홀연히 가고 온다. 꿈 사랑 모두를 안기도 하고 놓기도 한다. 누가 누구를 닮아서 끌려가는 건 아니다. 꽃이 흡사하다는 쑥부쟁이와 구절초가 헷갈린다고 하지만 삶이란 틀 안에서는 색깔의 차이일 뿐 숨쉬기는 같다.

3. 만난 길을 돌아본다

고요한 마음을 상상으로 짠다. 부딪치고 맞서며 굽히는 현실의 반응을 순진한 심상을 다독인 시집 『직립을 갈망하며』를 펼친다. 떠나야 공간이 보이고 이별해야 만남을 안다고 꽃 지고 눈길 돌렸던 사이 맺은 열매에 울컥한다. 울안 화단을 달구던 봉선화며 채송화가 피고 지며 맺은 씨앗은 건드리기만 해도 톡톡 터져나간다. 해와 달과 날과 때에 기둥을 세워 만난 길을 돌아본다.

내다본다는 것보다 뒤는 꾸밈이 없어 치장을 하는 앞보다 편안하고 진실하다. 손가락을 좌악 펴고 무한한 세월에 유한한 생명의 숫자로 가빠진 숨을 놓고 잔잔하길 기다린다. 뜨락에 백일홍꽃이 꽃 속에 꽃을 피우고 꽃잎으로 어깨동무하며 붉어진다. 백의 숫자, 백이란 점수가 얼마나 많이 홀리고 울려왔는지 걸음걸이가 좌지우지다. 초롱초롱 백일홍이 마디마디 백 겹으로 펼쳐 영원이란 이름을 움켜쥐려는 욕망, 이별이란 숙명을 앞에 놓고 만남을 기약하며 다가올 그날, 하늘의 길로 영원을 가는 천사의 미소다.

마음을 치유하는 시를 쓰면서 심리적 상처 내면적 고통에 빛을 비추고 사랑과 용서를 통해 구원의 길을 연다. 두 손을 모으고 눈을 살며시 감고 구하면 들리는 그분의 말씀에 위로를 얻는 길, 진실로 믿음의 길에서 오르막을 달려봤던 엄마가 시의 뿌리를 내려준다.